EXPRESSION DU GÉNIE NATIONAL

PROTESTATION CONTRE L'EXTERMINATION INCONSCIENTE DES PEUPLES
REVENDICATION DE LEURS DROITS
A L'EXISTENCE ET A LA PAIX UNIVERSELLE

PROPOSITIONS D'INTÉRÊT GÉNÉRAL

ADRESSÉES

A MM. LES DÉPUTÉS AU CORPS LÉGISLATIF

REPRÉSENTANT

LES DROITS SOUVERAINS DU PEUPLE FRANÇAIS

PAR LÉO MARCY

PRIX : 1 FRANC

PARIS

EN VENTE :

A LA LIBRAIRIE MARTINON
14, rue J.-J.-Rousseau

AU BUREAU DES RÉPERTOIRES
3, rue du Louvre

ET CHEZ TOUS LES LIBRAIRES

1870

PROPOSITIONS D'INTÉRÊT GÉNÉRAL

ADRESSÉES

A MM. LES DÉPUTÉS AU CORPS LÉGISLATIF

REPRÉSENTANT

LES DROITS SOUVERAINS DU PEUPLE FRANÇAIS

Paris, le 12 août 1870.

MESSIEURS LES DÉPUTÉS,

A l'heure où les valeureux enfants de la France font des efforts **suprêmes** pour la **défense** de la **patrie**....

L'*orgueil,* la vanité **personnelle,** les *dissentiments* de **partis,** tout doit *disparaître* devant la **France** en *péril,* tout doit se résumer dans une seule pensée, le **salut** de la **nation.** — C'est son **esprit** qu'il faut invoquer, — c'est à son **génie** que tous doivent **obéir!**.....

Mais pour rallier tout le monde à ce **génie universel, seul protecteur** de l'humanité, — il faut apprendre à le *connaître* et à l'*apprécier* par une analyse et une démonstration approfondie, en signalant et la *cause* du *mal* et le **moyen** d'y **remédier.**

L'humanité est arrivée à un degré de civilisation qui, aujourd'hui (sous peine de contradiction à toutes les **lois** de **justice, d'ordre supérieur** ainsi qu'à tous *sentiments* d'**humanité**), ne peut plus accepter les guerres d'extermination! surtout quand la cause est tout entière dans l'**orgueil individualiste,** l'**absolutisme** inhérent à la personnalité de quelques-uns se traduisant toujours (et forcément) par l'**égoïsme** natif du **moi,** qui veut quand même prédominer sur le **tout!**..... — De là le manque d'**unité** — la *division* et la *discorde* affaiblissant fatalement les MOYENS d'action.

Considérons d'abord que tous les hommes souffrent moralement ou physiquement du fait de l'erreur qui prédomine en leur réglementation. — Dès lors il est indispensable, pour atténuer ces souffrances, d'examiner si l'organisation des sociétés ne repose pas sur de faux principes.

Considérons aussi que tous les êtres humains ont des pensées, et qu'ils éprouvent des passions, des besoins individuels, indépendants de leur volonté et naturellement différents, puisqu'ils sont dissemblables. — Donc, forcément contraires à l'esprit de **justice absolue** et de l'**ensemble national solidarisé naturellement,** pourtant, en toutes les charges **publiques**, et conséquemment devant l'être absolument aussi pour tous les **avantages communs**...... — Parce que cet esprit implique d'agir pour le tout et impartialement; tandis que la pensée individuelle ne peut que faire prédominer l'égoïsme de la fraction : c'est **fatal!**....

De là, **contradiction**, et le plus souvent **aberration** dans les actions.

Or, cet esprit d'ensemble n'est autre que le **génie universel** *fractionné* en chaque **nation**, puisqu'il émane de la **nature**, qu'il domine dans le monde et qu'il détermine l'**harmonie générale** de l'**absolument tout.**

A ce **génie national** seulement l'humanité devra la libre possession de l'indépendance, ainsi que d'une sécurité absolue et définitive. — Et chacun, dans l'isolement, par un travail opiniâtre et consciencieux, peut et doit s'inspirer de ces vérités positives, afin d'apprécier toutes les erreurs commises, et comprendre qu'il est urgent de collaborer énergiquement pour assurer à l'état social sa NORMALITÉ **naturelle**, et qu'il est possible aussi de **prévenir** ces épouvantables calamités en détruisant de fond en comble leurs *causes déterminantes.*

Ce **génie** traduit et caractérise le **principe créateur** pour l'**univers**, le principe de vie et tout ce qui est relatif à la Création pour le genre humain, en vue des manifestations *tangibles, physiques, métaphysiques* et *morales* qui se produisent.

Il traduit aussi l'**esprit** d'**équité**, de **justice** et **d'égalité** à l'égard de la majorité de chaque peuple, selon le **droit** de la **nation solidarisée** et ceux des **individus** par rapport à leur **conservation**, ainsi que leur **émancipation**, c'est à dire tout ce qui est **bon, juste** et **bien**; en remplacement de ce qui est **mauvais, injuste** et **mal.**

Or, l'homme ne saurait nier que son **être** ne soit d'ordre inférieur à la nature, puisqu'il naît mortel et absorptif, partant imparfait et égoïste.

Envoyé sur la terre par la **Création**, il en est le **sujet**; son obligation primordiale doit se caractériser en se soumettant à sa loi. Car c'est en s'obstinant à se substituer à la nature et à s'imposer aux autres, qu'il transgresse outrageusement le principe de l'existence humaine.

Bien plus, il ne sait ni d'où il *vient,* ni où il *va;* ses principes et la manifestation de ses *sentiments* même les plus généreux sont *erronés,* et *contraires* à toutes les lois naturelles, puisque, par comparaison en toutes circonstances, la nature se manifeste par des **productions utiles**; tandis que les hommes emploient, dépensent et sacrifient toutes les *économies* de la *production* en satisfactions *puériles*, et qu'ils se **détruisent entre eux.**

Nous signalons formellement, qu'en raison de sa qualité de **sujet** *éphémère* de la **Création, d'espèce mixte** — de **coopérateur** et de souverain naturel, — en sa collectivité seulement, — du domaine terrestre, l'être humain individuel **est**, se **manifeste,** — et **agit** forcément (sciemment ou inconsciemment), comme deux individus parfaitement distincts, soit :

En *égoïste anormal, matérialiste* (et *mineur*) pour ses intérêts personnels, en vue de *lui-même*, au *détriment* de la **collectivité nationale,** — Ou en homme **impartial, normal** (**majeur, équitable** et **juste**), en vue de l'**intérêt général** pour l'**unité nationale.**

Et cette alternative infligée à l'espèce, de ne pouvoir être que BON ou *mauvais,* est indépendante de sa volonté, attendu qu'il n'a pas la puissance de se manifester autrement que pour le **bien** ou pour le **mal.**

Donc, toute loi, toute décision ayant pour résultat l'improduction, est d'invention humaine, par conséquent *anti-naturelle,* et caractérise absolument l'erreur fondamentale qui, aujourd'hui, domine dans la réglementation des sociétés plus encore que par le mauvais vouloir préconçu.

En attribuant à ces idées la qualification d'**expression** du **génie national,** nous n'avons pas l'intention d'insinuer qu'elles sont dues à une révélation subite et occulte. — Le progrès n'est jamais instantané ; il ne se produit que lentement, à l'aide d'une étude constante et d'un travail opiniâtre. — Nous prétendons traduire le **principe** ou la **loi naturelle** de la **Création** et exprimer les justes aspirations dues au genre humain, en prenant pour point d'examen et **vérité absolue** : — Que le **corps** de chaque **nation est** SOLIDARISÉ NATURELLEMENT, qu'il est en possession de **droits,** de **devoirs** et de **lois** d'ordre supérieur à toutes décisions humaines, et qu'en leur existence, tous les hommes qui en font partie ont obligation **primordiale** de **respecter.**

Un livre est sous presse, qui, par son développement, démontre et prouve plus complétement l'impartialité et l'efficacité de ces idées *étranges* au premier abord, parce qu'elles *résultent* d'un mode d'examen nouveau que cependant chacun pourra **apprécier** et **acquérir.**

Le point de départ est : — L'admission que le but préconçu par la nature, la **raison d'être** du **genre humain** et la **mission** des HOMMES sur la terre ne peut être autre que d'ABOLIR la MISÈRE et d'ÉTABLIR la **paix universelle.**

Quant au mode d'étude, PAR SA NATURE de **vérité absolue** et RÉALISTE, il oblige nécessairement à *nommer* toutes CHOSES par leur NOM, sans se préoccuper des *pensées idéalistes* particulières, pas plus que des mauvaises *habitudes admises;* attendu que si tous les hommes sont relativement *coupables* des *fautes commises,* personne n'en est particulièrement **justiciable,** parce que les erreurs sont inconscientes et que leur cause **originaire** réside dans les faux **principes** qui régissent les **sociétés.**

C'est par la **réalité** (traduisant selon les faits ce qui ressort de la **Création,** c'est à dire de la **vérité** conforme aux **résultats produits,** ou **démontrée effectivement** par les sciences exactes, étant appliquée **en tout, partout** et **pour tout**), que nous pourrons **démontrer** et faire **voir** l'**exactitude** évidente des **affirmations énoncées** (1).

Encore une observation, mais qui intéresse au plus haut point la **prospérité** générale. — Cette observation capitale **est** la différence qui existe dans la signification (comme action agissante) des mots **gouvernementalement** et **nationalement**, synonymes, en certains cas, d'**anormalement** et de *normalement,* et d'un usage nécessairement fréquent.

Agir **gouvernementalement** ou **gouverner** ainsi : c'est se placer anormalement au-dessus du droit de tous et de chacun, et prendre des décisions réglementaires en vue de conserver la position ou les places acquises, sans se préoccuper autrement du **droit** de l'**ensemble,** ni de l'**intérêt** des administrés, sans même se donner la peine de rechercher

---

(1) Démonstrateur de la réalité, nous avons dû admettre la signification réelle des mots, tout en nous réservant de les changer s'il y a lieu, afin de mieux démontrer les faits, et même adopter des modifications typographiques ayant pour but, par la différence des caractères, d'attribuer à chacun d'eux une signification relativement déterminée. — C'est ainsi (les termes nominatifs étant du caractère dénommé) que les mots en *italique* désignent ce qui est peu usité, en même temps que le mal ; ceux en PETITES MAJUSCULES, ce qui est bien ; et les **petites normandes,** employées dans l'un ou l'autre sens, pour mieux affirmer les idées exprimées. — Mais bien que cette application ne soit pas rigoureusement suivie, les mots soulignés doivent en conserver l'expression déjà admise.

un mode d'action plus équitable et susceptible d'améliorer toutes les situations.

Ces erreurs inconscientes viennent de se produire encore, et inopinément, tant en déclarant la guerre que pour les emprunts nouveaux, et pourtant ce mode anormal, prédominant toujours, engendre et provoque fatalement toutes les catastrophes sociales.

Agir **nationalement** ou **gouverner** AINSI, c'est, au contraire (de la part des hommes qui ont la raison de le faire) se placer **normalement serviteur** de la **loi naturelle**, des **droits** de la **nation**, et prendre des résolutions **nationales**, commandées (sans préférence et sans partialité) par l'**intérêt général**, en répudiant tout ce qui est *injuste* et *improductif* dans l'accomplissement de ce devoir.

D'ailleurs, le moyen émancipateur ne saurait être puisé que dans la nature même (non en l'esprit des hommes), attendu qu'aucune nation ne pourra jamais être heureuse tant que son organisation ne s'appuiera pas sur les bases mêmes de la Création et qu'elle ne sera pas réglementée conformément à sa loi.

L'application et les moyens en sont faciles, et c'est participer à une bonne action que de contribuer à l'avénement de modifications pratiques et efficaces dans la *gouvernementation* du pays.

Avant de faire voir l'être humain selon les conditions qu'il occupe dans la Création, nous sommes obligé d'analyser, de définir normalement le **génie universel.**

Qui dit **génie universel** dit principe **créateur**, ainsi que principe **procréateur**, ou génie **national.**

Or, le principe créateur en vue de l'EXISTENCE — de la CONSERVATION — du PERFECTIONNEMENT et des SATISFACTIONS du genre humain, n'est rien autre que l'idée, l'acte et l'action d'une immense démocratie **naturelle**, **éternelle** et **universelle**, qui — en dépit de l'égoïsme et de l'orgueil des hommes partiaux — a toujours prédominé dans le monde et favorisé lentement, mais effectivement, le progrès, qui doit naturellement se développer encore et se répandre sur toute la surface du globe.

Cette démocratie préexistante se produit par un état de choses caractérisé dans toutes les actions d'ordre supérieur et naturel, et qui, **naturellement**, doit se manifester également dans celles de tous les hommes individuellement, nationalement et universellement, afin que tous puissent être heureux.

Il faudra bien reconnaître enfin : — Que tous les **faits vitaux** du principe créateur par rapport à l'**univers** et à l'**humanité** convergent constamment les **uns** vers les **autres**; et qu'ils ont pour effet l'harmonie générale, pour but, le **progrès universel** ; — qu'ils forment un tout immense auquel rien ne saurait se soustraire pour tout ce qui est **émancipateur** et **progressif**, relativement à la **production**, l'**autonomie**, l'**indépendance nationales** et **universelles**.

La démocratie naturelle est innée avec l'être, et inhérente à l'individu; par conséquent, qu'importe la décision des hommes, puisqu'ils n'ont pas puissance (et c'est fort heureux) de réformer la nature. Car, et quelles que soient leurs affirmations personnelles, ils n'empêcheront pas : — Que tout être humain faisant partie d'une collectivité sociale ne soit, du fait de sa naissance, — de son existence, — de ses rapports sociaux, dûment, positivement et effectivement sujet **militant** et **actif** de la **solidarité naturelle** et **nationale**.

Dès lors, s'ils veulent être **indépendants** et **libres**, ils doivent être **justes** : Partant, travailler à faire cesser toutes les iniquités qui se produisent transgressivement à la loi **naturelle** !

Car, de même que nul ne peut exister sans emprunter l'air à la grande **collectivité universelle**, de même aussi nul ne peut se soustraire à l'action de produire pour le **tout** — (ATTENDU QU'IL CONSOMME) — sous peine d'être *subversif* de l'ordre **social** de son **pays**, ainsi que de l'**existence** de ses **semblables**.

Mais, puisqu'en fait la découverte des moyens d'analyse, de constatation et d'annulation du mal est *originaire* de la **Création**, qu'elle est puisée dans le **domaine public** (caractérisant l'ŒUVRE et la PROPRIÉTÉ de tous), nous ne pouvions prendre ailleurs que dans la nature la réalité des faits, et les présenter différemment qu'ils ne ressortent de la Création. — Et, de même qu'un mineur ne peut extraire de la terre que ce qu'il y rencontre, de même aussi toute découverte physique ou métaphysique est nécessairement puisée dans la nature et ne peut être autre qu'elle ne l'a prévue. — C'est pourquoi étant arrivé à un degré d'étude spéciale qui nous permet d'analyser la **vérité absolue** par rapport à l'**organisation** des sociétés, il ne nous est pas loisible de l'enseigner autrement qu'elle n'est, sans quoi nous retomberions dans l'individualité orgueilleuse en nous substituant aussi à la Création, et nous mentirions **encore** à la **réalité**.

Toutes les manifestations de la Création attestent à l'absolu que la formule du principe créateur est : PRODUIRE **mieux** et **plus** que le temps ne **détruit** et que l'on ne **consomme** !... — Et la preuve incontestable que la loi de ce principe EST, — qu'il s'accomplit quand même dans ce sens, — c'est que la terre, **stérile** au **début**, représente aujourd'hui une **richesse considérable**, et que les hommes ont ébauché une civilisation erronée encore, mais qui, malgré son imperfection, doit conduire l'humanité à des conditions meilleures.

Ces faits prouvent irréfutablement que la démocratie **réelle** traduit le principe qui préside à l'existence, ainsi qu'à l'harmonie générale, et que son adoption comme base fondamentale de la réglementation des sociétés peut seule établir des rapports normaux entre les hommes et assurer leur sécurité : attendu qu'alors ils ne pourront plus s'éloigner d'un même **but admis** et **accepté**, pas plus que d'un même **principe**, celui qui leur a donné la **vie** et qui seul peut la leur conserver en toute sécurité.

D'ailleurs, si l'on est réellement désireux d'aboutir à une solution meilleure, il faut nécessairement admettre qu'il est indispensable de procéder différemment.

Or, si des dispositions **administratives, réglementaires** ou **parlementaires** imposées à la démonstration des idées nouvelles placent ceux qui les présentent dans l'obligation de se conformer à des habitudes restrictives, il est évident que c'est agir de manière à perpétuer l'erreur, et par conséquent tous les maux.

Cependant, nul ne sait comment consacrer le **bien** ! — Tout le monde prétend concourir à son accomplissement : mais ceux qui en acceptent le mandat se préoccupent si anormalement de le réaliser, que si on leur propose un moyen nouveau, fût-il efficace, ils ne consentent à l'accueillir qu'à la condition de se conformer à leurs errements.

En vérité, on ne peut être plus **insensé** ! Car, s'il est un moyen de remédier au **mal**, il est constant qu'il est absolument **inconnu**, par conséquent, essentiellement **nouveau**. — Donc, ceux qui ont commis des fautes ne connaissaient pas ce moyen ; partant, ils ne peuvent ni le comprendre ni l'appliquer avant de l'avoir étudié, appris et compris, tel qu'il se comporte et tel qu'il existe naturellement. — Car, et c'est vouloir le mal (sinon avec intention, au moins inconsciemment) que de transgresser aux moyens naturels en y substituant des divagations individuelles.

En DÉFINITIVE, en RÉALITÉ comme en FAIT : — Ou l'homme est supérieur à la **nature**, et conséquemment il doit **commander** ! — Ou il lui est inférieur, partant, il doit **obéir** !...

Logiquement, il n'existe pas d'autre alternative. — Donc c'est à la majorité à se prononcer pour le **bien** ou pour le **mal**.

Ceci dit (et c'était absolument nécessaire), poursuivons l'œuvre étudiée d'après les bases de la loi naturelle, sans tenir compte des turpitudes de l'individualisme. — Attendu que : si, pour plaire à tel ou à tel, on modifie les moyens de salut que la nature offre au monde (moyens efficaces dans leur intégralité), ils deviennent alors aussi inefficaces que si, dans le but de récolter du blé, on semait de l'ivraie.

Les qualités primordiales de la nature sont : —La **moralité**, la **réciprocité** et la **solidarité**. — Elles se manifestent par l'**équité** dans les **rapports**, — la **production** utile dans les **faits**, — le **respect** de la **propriété** et de l'**existence d'autrui** dans les résultats.

Or, ces **qualités** et ces **vertus naturelles** (caractérisant la réalité positive) sont d'**ordre** supérieur aux hommes ; tous les reconnaissent et les invoquent, car elles forment la base **même** des constitutions sociales ! — Et, cependant, on ne les pratique pas !....

Conséquemment, — il ne faut pas chercher ailleurs la cause morale de tous les maux !. . . . .

Dès son apparition dans la **vie**, l'être humain sollicite une alimentation **indispensable** pour **vivre**, et toute son existence se traduit par des exigences insatiables. — Donc, la **loi naturelle** de la **Création** et du **progrès est** de compenser cette absorption constante et ces exigences par une **production** plus **abondante.**

Mais, et malheureusement, les individus (agissant toujours anormalement et antagonistement à la nature) accordent à quelques-uns d'entre eux des pouvoirs souverains, et ceux-ci (bien que mortels) ont l'inconscience de se substituer à la nature et de transgresser outrageusement sa loi fondamentale, en se procurant des satisfactions **stériles** ou **sanguinaires**, sous prétexte qu'ils sont les **maîtres.**

Mais alors (dans cette hypothèse malheureusement trop consacrée), que devient le PRINCIPE **créateur** ou ce **Dieu** qu'ils invoquent sans cesse, puisqu'ils se mettent à sa place : — Et pourquoi agissent-ils en sens inverse de ce qu'ils ont promis (*être justes* et *faire le bien*), et méconnaissent-ils aussi ce qui leur est enjoint par la nature ?

Telle est l'**action** du **fait matériel** de toutes les **calamités terrestres** !

*
* *

Ah ! et si *épouvantablement douloureux* que soit pour nous (en prévision du mal commis), si *abominable* que soit le **carnage** consommé qui probablement se renouvellera encore, nous ne pouvons cependant accuser *uniquement* l'**un** ou l'**autre** des deux gouvernants qui, réciproquement, ont préparé cette **boucherie humaine**! — Car notre conscience, — **guidée** par la **réalité**, — **éclairée** par le **génie** de la **nation**, oblige à reconnaître qu'ils ne sont pas les seuls fauteurs des *abominations* qui **déciment** le monde. — Attendu que : les hommes en sont l'**instrument inconscient** et imprévoyant, puisque **tous** ont toléré entre les **mains** de ces **dangereux omnipotents** des droits qui les autorisent (en un instant d'**orgueil** ou de **colère**), à *provoquer* ou à *accepter* ces luttes homicides entre deux peuples AMIS **hier**, et qui, forcément, le redeviendront demain.

Mais trêve à ces réflexions poignantes, car ce n'est pas pour **gémir** et signaler la *mort* de tant de *victimes* **innocentes** que nous avons **le** triste courage de relater ces *abominations :* acceptons cette torture morale comme une nécessité cruelle, impérieusement commandée sans doute, pour que ces hécatombes odieuses ne se reproduisent plus !...

La condition secondaire de l'*homme* vis-à-vis de la **nature** (condition obligatoire et indéniable), en lui imposant MORALEMENT des **devoirs impérieux**, lui confère en même temps des **droits imprescriptibles** dont les attributions naturelles sont impliquées dans les qualifications de **citoyen** et de **patriotisme normal**.

Le patriotisme est normal quand les devoirs entre citoyens, envers la nation et les droits humanitaires sont conformes aux lois de la Création, c'est-à-dire quand ils se traduisent par « NE PAS FAIRE AUX AUTRES CE QUE L'ON NE VEUT PAS QUI VOUS SOIT FAIT. »

Malheureusement, il est **moralement, physiquement** et **matériellement** *impossible* au plus GRAND NOMBRE de pouvoir se conformer à cette **sublime maxime** — car, organisés *antagonistement* du fait qu'ils n'ont pas encore **atteint** le **degré** d'**émancipation naturelle**, les hommes agissent trop généralement sans avoir **conscience** des **erreurs** qu'ils **commettent**.

Nous allons, en précisant certains faits qui ont échappé constamment à la PERSPICACITÉ des INDIVIDUS *nativement égoïstes,* établir la différence radicale entre les actions du patriotisme normal **vrai** et celles (du faux patriote) de l'être *égoïste*.

Constatons à cet effet : — Que les qualités primordiales de la nature, les vertus et les sciences exactes qui en découlent, ne **ressortent** pas de l'*espèce humaine*, — qu'elles **existaient** avant nous, — qu'elles font partie du **domaine public** ; — enfin que nul n'a le droit de s'approprier leur mérite pour en retirer des avantages personnels ; mais, et chacun devant s'y assimiler, pour en user justement en conformité de la loi naturelle.

Donc, puisqu'en son état de *créature* **mixte, procréateur** (mais **incréateur**), l'homme n'étant que le **coopérateur** de la **nature**, il lui est impossible d'être **juste** et d'**agir normalement** en dehors de l'**impartialité**, parce que, dans ce cas, tout en lui est erreur ou mensonge, par rapport aux intérêts d'autrui.

Or, s'est-on rallié *sérieusement* aux *qualités transcendantes* de la Création ? A-t-on respecté les droits humanitaires inhérents à tous les individus ? — Il s'en faut. — Aussi les *contradictions* sont **flagrantes**, et les tristes conséquences qui désolent le monde sont le **résultat** malheureux d'un **passé** que l'on n'a pas sérieusement cherché à **prévenir**, pas plus que **tenté** de **conjurer**.

L'**anormalité** des hommes est si grande, leur présomption si orgueilleuse, leur curiosité si inconséquente, le désir de faire ce qui leur plaît si incarné en eux, que pour des satisfactions *puériles* d'amour-propre *irréfléchi* ou de plaisirs *factices*, ils ont sacrifié si inconsciemment l'œuvre VIVIFIANTE de la **paix**, que les lois qui régissent les sociétés ont réservé à quelques hommes seulement le **droit** de déclarer la **guerre**.

Et l'on prétend, en agissant ainsi, caractériser le principe d'une civilisation impartiale et éclairée ! bien qu'un semblable procédé soit la NÉGATION de toute VÉRITÉ.

D'ailleurs, le premier acte d'une **civilisation équitable** et **réelle** serait, au contraire, de garantir d'une manière **immuable** la durée de cette *paix* indispensable aux progrès de l'humanité et commandée implicitement par toutes les manifestations de la nature.

L'existence de chacun doit se confondre dans l'œuvre commune, et il n'appartient pas plus aux omnipotents qu'à leurs mandataires de devancer le terme d'une existence qui ne dépend pas d'eux. — Et puisque ce sont les peuples que l'on **sacrifie**, ne serait-il pas rationnel, pour agir équitablement (comme on a la prétention de le faire), de les consulter avant de décider leur extermination !

Conséquemment, on peut l'affirmer, il n'y a certainement que des inconscients qui puissent admettre comme vraie cette MONSTRUOSITÉ :

— La **guerre** est un **mal nécessaire** !

Ah ! si les hommes étaient vraiment animés des sentiments d'impartialité voulus par la normalité, et s'ils appliquaient, dans toutes leurs actions, la pratique de la raison et de la droiture de leurs bons sentiments, au lieu de leur égoïsme vicié encore par la corruption du favoritisme, combien les résultats seraient différents ! Car dès lors on reconnaîtrait, comme condition vitale de prospérité constante, qu'une sécurité non interrompue est due à tous les hommes en particulier. —

D'où ressort la nécessité de formuler une règle de conduite internationale, dont la formule pourrait être :

1° Que la guerre ne doive être déclarée qu'après qu'il en aurait été référé à un congrès (sorte de témoins institués à l'effet d'apprécier toutes les questions en litige), qui régulariserait les conditions du combat s'il était jugé inévitable ; — Et que la déclaration une fois faite, on ne puisse commencer les hostilités qu'après un délai déterminé ;

2° Que pendant ce délai, les nations belligérantes seraient consultées au moyen d'un vote général (mais l'entrée en campagne ne devant s'effectuer que si la majorité de chaque nation engagée avait approuvé ce carnage insensé). — Enfin, dans le cas où une nation refuserait le combat pour des motifs qu'apprécierait le congrès (seul compétent à cet égard), la nation reconnue coupable d'injustice se soumettrait à la réparation déterminée par les arbitres, etc., etc.

C'est ainsi que devraient agir les peuples civilisés, et qu'ils devraient provoquer dans ce but un congrès universel, afin de combler cette lacune dans les rapports internationaux.

Or, ce mode de procéder serait conforme à l'intérêt commun, à l'équité naturelle et au droit humanitaire, — puisque, par comparaison, tous les codes interdisent de se faire justice soi-même ; — que pour toute **question** en **litige**, comme pour tout délit, on s'en réfère à des tribunaux *ad hoc* ; — enfin que le **duel** prend le caractère d'un crime, s'il n'est précédé d'explications que provoquent les témoins avant d'autoriser la rencontre.

Et de fait, en considérant la prospérité qui se développe en temps de **paix** par rapport aux calamités désastreuses qu'engendre la **guerre**, on reconnaîtra que, si avantageuse que soit une **conquête**, elle ne justifie jamais le **droit**, pas plus que les sacrifices qu'elle a coûtés. — Car, du moment que le **libre-échange** sera l'état normal des rapports sociaux, la **paix générale consacrée**, toutes les nations, par la force même des choses, ne formeront plus qu'une seule société, quel que soit d'ailleurs le nom, la forme gouvernementale ou l'importance de chacune d'elles.

Et remarquons que, sauf l'incertitude de l'époque de leur réalisation, ces propositions n'ont rien d'illusoire, attendu que c'est le **vœu** de la **nature**, le but de l'humanité, ainsi que les **aspirations** des hommes normaux, la **consécration** manifeste du **progrès**.

Bien que les hommes, en se ralliant au génie de leur nation, soient appelés à s'assimiler aux qualités primordiales de la Création et aux vertus de la nature en leur état de normalité morale, il n'en est pas moins vrai que jusqu'à l'avénement de cette époque de CIVILISATION RÉELLE, l'égoïsme ne cessera de provoquer et d'engendrer les calamités subies.

Toutefois, puisque l'on a eu la sottise d'abdiquer les droits de **paix** ou de **guerre** et de laisser compromettre ainsi la SÉCURITÉ NATIONALE par une fraction infime de la société, on doit tout sacrifier à la délivrance de la patrie! — Telle est la LOI. — Elle est CRUELLE, mais LOGIQUE. C'est la conséquence fatale de la faute commise; et nul ne peut, sans lâcheté, se soustraire aux devoirs qu'elle impose.

Cependant, à côté de ce devoir IMPÉRIEUX, il en est d'autres, de droit et d'ordre supérieurs, que, sans faillir à sa dignité d'homme, on ne saurait répudier : *ce sont ceux de l'***humanité**. Ils se caractérisent par les droits de la nation solidarisée et se justifient par le génie national.

Le moment est venu de prouver que ce **génie national**, — ÉMANATION et EXPRESSION MÉTAPHYSIQUE et *physique* de la **Création** en ses **idées** comme en ses **manifestations**, fait partie intégrante des droits naturels inhérents à la personnalité individuelle de chacun.

Constatons d'abord : — Que le génie universel règne sur le monde entier; qu'une fraction de lui-même constitue le génie national, et qu'il préside à toutes les procréations humaines qui se produisent dans le monde, en faveur du genre humain; tandis qu'au contraire, toutes les actions *mauvaises* ou *improductives* résultent toujours de ceux qui transgressent sa loi.

Ce n'est donc pas une vaine présomption qui nous fait répandre dans le monde ces idées comme traduisant l'expression du génie national, puisque, guidé par lui, nous en exprimons les **vœux** et ceux de la NATURE, ainsi que la **pensée** et les **désirs** de tous les ÊTRES humains.

Toutefois, interprète fidèle de la **réalité**, nous ne pouvons lui mentir. — Or, rien autre que le *génie national* ne pouvant **guider** l'*intelligence* des hommes, nous **devons**, pour être **juste**, lui **reconnaître** le **mérite** de ses manifestations naturelles, **plutôt** que de nous les **attribuer** *orgueilleusement*. — Car nous les avons **puisées** dans la **nature**, à la source intarrissable du **domaine public**. — Et, œuvre procréée par tout ce qui est **bon**, **juste** et **bien**, ayant recueilli l'usufruit du passé pour le restituer à qui de droit : au **domaine public**.

Ici doit se produire une constatation capitale : — Il est incontestable que deux personnes ne peuvent être semblables, au physique pas plus qu'au moral, et que pourtant chacun est doué, en sa qualité d'être mixte, d'une volonté de sens et d'instincts personnels; d'où il résulte absolument : — Qu'autant d'INDIVIDUS, autant de MANIÈRES personnelles de **définir**, de **ressentir** et d'**apprécier**, ou plus effectivement, de **peser, compter** et **mesurer**, par conséquent divergentes et nécessairement injustes par rapport à autrui, et à plus forte raison CONTRADICTOIRES avec le moyen d'agir de l'**ensemble**, autrement dit du CORPS de la NATION SOLIDARISÉE dans ses **intérêts pécuniers** en tant que **charges** et **profits** dans les **services communs.**

Attendu : — Que la solidarisation du corps national est une condition naturelle indépendante du vouloir des hommes qui le constituent et qui, dans leur égalité native, lui doivent la vie et le développement de toutes leurs facultés. — Il en résulte donc — et absolument — que la nation aussi, cette **mère patrie**, a son **existence distincte par** et en **chacun** de ses **sujets**; — des DROITS et des DEVOIRS INHÉRENTS à son POUVOIR SOUVERAIN ; — enfin, une MANIÈRE de **définir**, de **ressentir** et d'**apprécier** qui lui est **propre**, se traduisant selon les lois de la nature et, pour tous les citoyens sans exception, par le **droit** à l'**existence**, à la **sécurité** de **tous** et de **chacun**.

Or, que s'est-il passé et que se passe-t-il encore? — Chaque individu qui a contribué et qui contribue à la gouvernementation sociale, aussi bien qu'à l'administration pécuniaire nationale, veut absolument, dans son égoïsme natif, substituer son *poids*, son genre de *compter* et sa manière de *mesurer* personnels, au lieu et place des droits et des tendances de la nation. — De là des jaloux, — des envieux, — des discordes politiques et le sacrifice de la nation à des intérêts de **parti**, d'**égoïsme** et d'**orgueil particulier**.

De cette anormalité, aussi *insensée* qu'*inconsciente*, découle la cause du **mal**. Car ce n'est pas la pensée de tel ou tel *individu* qui doit prédominer dans la réglementation d'une **société**, c'est le **droit national**, la loi **naturelle**, le **juste**, l'**impartialité** et la **sécurité**. — Qu'importent d'ailleurs les pensées de tels partis que ce soit? chacun d'eux ne représente-t-il pas une seule fraction de la société dont la **prépondérance** de celui qui domine s'exerce nécessairement, toujours et fatalement, au détriment de la fortune nationale?

Cette transgression est indéniable, car il est bien évident que ce n'est ni pour un *parti* ni pour *quelques individus* que la **nation** es **créée**. — C'est, et **uniquement**, pour l'**ensemble**. Donc, c'est l'**ensemble** que l'on doit **organiser** normalement — Par conséquent, **nul** n'a le **droit légitime** de disposer arbitrairement des forces vitales d'une **nation**, pas plus que des **citoyens**.

En conséquence, pour éviter cette usurpation contre nature, il faut : — Que chacun, en *abdiquant* son *égoïsme* et ses *pensées personnelles*, se rallie aux **droits** du **corps** de la **nation solidarisée**. — **Et tous seront d'accord** (s'ils sont véritablement honnêtes et justes!) Car les décisions prises seraient APPRÉCIÉES alors non plus par un **langage stérile** (le plus souvent **menteur**), mais *étudiées* et *jugées* d'après les **résultats produits.**

Ainsi recueillis et ramenés d'eux-mêmes à leur normalité naturelle (comme sujets de la nation), tous les hommes reconnaîtront que, **seul,** le **génie national** peut **sauver** la **société.** — La voie de salut étant tracée, chacun peut pénétrer plus avant encore dans cette **région** de **vérité réelle,** si (abdiquant sa personnalité, et jouissant d'une plus grande perspicacité) il apporte plus de dévouement à la **chose publique.**

Mais revenons à l'**actualité,** aux **inconséquences** et aux **imprévoyances** funestes qui se sont si inopinément produites.

Aujourd'hui la **guerre** n'est plus une **hypothèse**; elle existe dans toute son **horreur**; — et le **sol** de la **patrie,** foulé par l'étranger, ne permet pas de marchander les **sacrifices** qui *incombent* à **tous,** parce que tous nous devons subir la conséquence de notre **ineptie** et **payer** la faute d'avoir confié des droits **souverains** à un **gouvernement** et à des **délégués** qui ont pu user d'une *omnipotence illégitime* (bien que *légale*) sans consulter ceux-là mêmes qu'ils *vouent* à la **destruction.**

Guerre d'orgueil, elle sera continuée plutôt par vanité que par raison, — **anormalement,** — sans compter avec les **droits** et les **lois** de la **nature,** et en invoquant encore (comme toujours) de **faux principes.**

Mais cette **guerre,** puisqu'il faut la **subir,** qu'elle soit au moins la dernière et qu'elle fasse *sonner* l'**heure** du **désarmement général**; — Qu'elle *ensevelisse* dans son **linceul** de **sang** toutes les iniquités et les *turpitudes* de notre *civilisation* **anormale** pour assurer, avec l'**époque réaliste**, le **règne** de la **vérité** et la **paix universelle.**

C'est en raison de ces appréciations que nous devons examiner ce genre de barbarie moderne que tous devraient exécrer. — Or, les PAIX précédentes ont toujours facilité à l'ambition les moyens de préparer la **guerre.** Recherchons donc (pendant la **guerre**) s'il n'y a pas lieu de *constituer* une **paix normale** et à tout **jamais assurée.** — Considérons, en raison des sentiments **humanitaires,** la *partialité illégitime* des moyens employés pour arriver à faire accepter, comme une *nécessité,* cette **anormalité** monstrueuse. Démasquons l'**abus** *outrageant,* mais *irréfléchi,* du **droit** dont la **délégation** a abusé en **outre-passant** *moralement* et *anormalement* le mandat qui lui est **confié.** — Toutefois, constatons que, d'après le droit écrit, les *choses* se sont passées *légalement* et de **bonne foi** de *part* et *d'autre*, mais *abusivement* selon **l'impartialité** du **droit vrai** et **réel.**

Par conséquent, en ces *critiques* et ces *constatations*, **personne** n'est *individuellement* en *cause;* nous signalons le *caractère* des *faits* conformément à la **réalité** ; — Et c'est tout.

Il est *incontestable* que les **députés**, considérés comme expression des *droits* de la **nation**, n'ont pas légitimement celui de décider d'une **guerre** dont les **charges** retombent fatalement et toujours sur **ceux** qui ne sont pas **consultés**; attendu : que la plupart d'entre eux tiennent les *faveurs* dont ils *jouissent* d'un *pouvoir* **omnipotent** (*anormalité gouvernementale)*, et que, par reconnaissance relative, ils sont obligés d'accepter ses *propositions ;* — donc, *forcément* et en *dehors* de leur volonté, ils *agissent* en vue d'actes politiques, antagonistement aux intérêts de la nation, puisque, redevables envers qui les a fait nommer, ils ne peuvent être *rigoureusement justes !...*

Les preuves à cet égard ne manquent pas, et plusieurs exemples datent d'hier : — Des déclarations inexactes n'ont-elles pas amené ces délégués à croire certaine la victoire ?— Partant, ils étaient d'autant plus disposés à être favorables à ceux qui proposaient les hostilités, voulant ainsi (inconsciemment sans doute), *mériter* sinon une *récompense*, au moins la *continuation* des **mêmes faveurs**.

Mais, pour *assurer* la réussite de leur satisfaction particulière, les *désireux* de ce *retour* à la **barbarie** ont été plus loin. — Et selon les usages reçus (**usages** aussi CONTRAIRES à l'**équité réelle** que *transgresseurs* de tout **droit** et de toute **justice**), ils ont préparé un pamphlet à l'adresse de la nation amie encore, de nature à *surexciter* tous les *sentiments* **personnels**.

Ensuite, s'est présenté un orateur d'éloquence *funeste* pour défendre ce projet désastreux. — Et, **abomination** des **abominations**, c'est d'**urgence**, sans réflexions aucune, sous l'empire et l'influence de ces *paroles corrosives*, que l'on a entraîné le vote. Voilà dans quelles conditions les députés ont pu consommer ce sacrifice.

La constatation d'un fait si monstrueux est une cruelle preuve de l'imperfection innée des hommes, de leur droit réel, et de leur incapacité positive à pouvoir agir impartialement quand ils s'écartent des qualités fondamentales de la Création. — Car pour être sincère, on doit avouer qu'il eût été normal de surseoir à une *pareille décision* et de consulter (sinon les intéressés), au moins sa propre raison, — son bon sens, — sa conscience, dans le CALME et l'ISOLEMENT, — en vue de l'**existence** de ses **semblables**, — des **lois** et des **droits** de la **Création**, de l'**ensemble** et de **chacun**, AFIN D'APPRÉCIER CETTE IMPORTANTE QUESTION ÉQUITABLEMENT ET AVEC CONNAISSANCE DE CAUSE !...

Mais la législation moderne, abandonnant négligemment à la merci de quelques hommes seulement la vie et la fortune d'un peuple, sa sécurité et celle de tous, n'est-elle pas coupable d'une *incompétence native et inconsciente* à laquelle il est indispensable de remédier au plus tôt !

En présence de conditions si contraires à toute vérité, nous venons déclarer que la logique des faits ainsi que tout ce qui est **juste** réprouvent absolument cette manière de procéder: — Attendu que la vie est DONNÉE à l'homme par la Création, et que **nul** n'a le droit d'en **disposer inconsidérément.**

Ce qu'il faut : — C'est respecter le droit naturel de tous ; —Abdiquer ses fantaisies égoïstes et personnelles ; — Ne pas juger d'après son **moi** individuel *nativement égoïste*, fatalement contradictoire de l'**impartialité**, du **progrès** et des **droits naturels.**

De ces affirmations, il ressort que les *gouvernements*, pas plus que les *députés*, ne doivent pas conserver (*plus longtemps et si arbitrairement*) le *droit* de décider la guerre, afin qu'à l'avenir la **majorité** de l'**ensemble** dispose elle-même de son **sort.** — Et puisque c'est elle (la **solidarité** dans la collectivité vraie) — qui produit TOUT, — qui solde TOUS les FRAIS, — qui est ruinée — et se fait tuer ; aucune objection **logique** et **équitable** n'est réellement possible contre cette décision VÉRITABLEMENT et UNIQUEMENT **impartiale.**

Mais, chose plus horrible à penser encore : — c'est que (chacun de leur côté) les peuples belligérants ne désirent la guerre, car tous comprennent que leurs **familles** et **eux seulement** en sont les victimes **sacrifiées** et **prédestinées** ! — Et de quel DROIT, — et pourquoi cette furie de faire massacrer des centaines de mille hommes, sans aucun motif d'animosité personnelle sérieusement justifié ?

Que tous **protestent** donc humainement, mais énergiquement, contre la continuation et le retour —*fantaisiste* et *sanguinaire*, de semblables tueries, afin de ménager des existences précieuses et de prévenir le **dépeuplement**, la **misère** et la **décadence** des sociétés.

Et maintenant que nous avons signalé la cause du mal et les moyens de le prévenir, nous aurons le triste courage d'envisager la situation présente selon les devoirs qu'imposent à tous le **pays** et l'**humanité.**

Le sol de la patrie est envahi !..... et malheureusement il est à craindre que l'esprit de parti qui a conduit la nation à cette affreuse calamité ne soit impuissant à l'en sortir aussi favorablement que le mérite l'**héroïsme** de ses **vaillants défenseurs.** — Le moment est **suprême**, il faut que chacun remplisse sa **mission** et fasse son **devoir.**

Or, les **droits souverains** de la **nation** étant d'**ordre supérieur** aux désirs vaniteux d'une fraction gouvernementale quelconque, il faut donc agir normalement, c'est à dire **tous** pour le **tout.** — Mais que les actes soient décisifs, les actions impartiales, immédiates et rapides. La **France** est en **péril** ; il faut l'en affranchir !.....

Toutefois, pas de **paix** *honteuse*, pas d'humiliation d'aucun côté, car il n'y a que des victimes sacrifiées à l'enivrement de fièvre que provoquent fatalement d'aussi déplorables calamités.

Dévoilons enfin la **réalité**, et dès lors reconnaissons formellement, puisque c'est l'exacte vérité, que, malgré tout, envers et contre tous, les peuples sont **frères** par **nature**, ainsi que par disposition individuelle, et qu'ils doivent agir IMPARTIALEMENT et EFFECTIVEMENT dans leurs rapports ; qu'en conséquence le **peuple français**, par ses sentiments humanitaires, est plutôt disposé à faire abnégation de désirs d'agrandissement, que de rechercher des conquêtes territoriales, — sinon superflues, du moins inutiles au degré de civilisation atteint, en limitant ses frontières à ce qu'elles sont depuis longues années ; — attendu qu'elle a adopté la mission de marcher au progrès et à l'émancipation par les œuvres de la paix et de la production.

Conséquemment, admettons le pouvoir convergeant au **triomphe** de la **loi naturelle** appliquée à la **réglementation nationale** et dominant toutes les personnalités.

Donc, animé de sentiments justes et vrais, le pouvoir exécutif doit faire voter d'urgence des sommes suffisantes pour armer le plus grand nombre d'hommes possible, attendu que, pour faire la **guerre**, il faut de l'**argent**, encore de l'**argent**, toujours de l'**argent**. Mais, — ce qu'il faut, et il le faut indispensablement, — c'est la régularité dans la circulation du **crédit** : — Car le crédit est l'agent **vivifiant** de toute **production**, la **cause**, le **FAIT** et le **RÉSULTAT** alternatif et originel de toute transaction, partant **élément** plus que **nécessaire** à tous RAPPORTS SOCIAUX et à toutes les exigences physiques et morales de la sécurité des sociétés.

Les négociations et les escomptes sont en partie interrompus du *fait* et par la force des choses ; chacun en est victime, mais cette condition, **résultat fatal** imposé par les circonstances, paralyse le principe productif vital des habitants. — En cette occurence momentanée, nous ne pouvons qu'engager les directeurs des grandes compagnies financières, qui tiennent entre leurs mains l'un des plus puissants **moyens** de sauvegarder l'**honneur** de la **patrie** et les **transactions** déterminantes de l'EXISTENCE de leurs concitoyens, à conformer leur concours aux nécessités du moment.

Car, pour rivaliser dignement avec le **patriotisme sublime** qui anime les DÉFENSEURS de nos **foyers**, il faut au moins leur donner l'AS-

SURANCE qu'AUCUN de ceux qui leur sont chers ne souffrira *fatalement* de la **misère**.

Or, la CIRCULATION du **crédit** étant l'**origine** de tout **bien** et de toute **force active, vivifiante** et **productrice**, il faut indispensablement la **rétablir** pour faciliter l'action du **pouvoir exécutif** et **provoquer** la **production** ! — Conséquemment, il y a URGENCE de FONDER PROVISOIREMENT une institution de **crédit national** !

Ce crédit momentané serait établi dans chaque ville, en tous les quartiers, et les communes au-dessus de 500 âmes.

Il aurait pour mission de faire des avances, et, relativement, des escomptes à toutes les personnes domiciliées en la commune.

Les arrérages de ce crédit d'**utilité** et d'existence publique seraient régularisés après la paix, et ne devraient, en ce moment de calamité fatale, donner lieu à des poursuites onéreuses, appliquées seulement au mauvais vouloir des débiteurs égoïstes.

L'intérêt serait fixé à 6 0/0 l'an.

L'action du crédit national consisterait :

1° A prêter à toute personne qui en justifiera le besoin pour subvenir à son existence ;

2° A escompter toute valeur commerciale justifiée, comme ACQUISITION, TRANSACTION OU PRODUCTION quelconques (sous réserve d'exclusion absolue des valeurs de complaisance) ;

3° A prêter pour tous les besoins agricoles reconnus ;

4° A faire des avances à tous les contribuables pour faciliter le payement des impôts. — Et enfin, à mettre tous les intéressés à même de régulariser leur position, et faire revivre la société sur des bases **viriles, impartiales** et **fructueuses**.

Ces dispositions EFFICACES, une fois arrêtées, il serait obligatoire que le **pouvoir souverain** prît une décision qui obligeât tout débiteur à régler ce qu'il devrait en billets à trois mois, et qu'il s'entendît avec la **Banque** de France et fît faire une quotité suffisante de billets de banque et coupures de 5, 10, 20 et 40 francs, en garantissant régulièrement et **nationalement** cette institution contre toutes éventualités de ce crédit temporaire.

Et alors, pour augmenter sa puissance d'action et éviter des emprunts onéreux, l'autorité déterminerait l'avance des impôts en raison des besoins de la situation.

Le *cours forcé* des billets de banque étant la conséquence de circonstances dominantes est donc une NÉCESSITÉ D'URGENCE à laquelle nul ne saurait refuser son concours militant d'action productrice, puisqu'il devient l'auxiliaire des moyens d'**armement** — de la **défense nationale** — de l'**honneur** — du **patriotisme** et de l'**existence** de **tous** et de **chacun**.

C'est pourquoi des **amendes** s'augmentant par la *récidive* devraient être infligées aux *égoïstes* qui intentionnellement refuseraient d'accepter ces billets dans les transactions. — D'ailleurs, nous devons le dire, car en **réalité**, comme en **fait** : il faudra bien, **tôt ou tard**, que tout le monde **sache**, **comprenne** et **admette**, puisque c'est la **vérité** RÉELLE et ABSOLUE : — Que tout **crédit** — quel qu'il soit — est toujours un emprunt fait sur le **travail** de l'**avenir** ; — Qu'il n'EXISTE NULLE PART, dans aucun **pays**, assez d'**argent** pour régulariser les transactions avec du **numéraire**, et qu'il est de toute **impossibilité** de pouvoir agir autrement.

Au surplus, il est facile de prouver mathématiquement, — que ce **crédit** n'engage en rien la PROPRIÉTÉ de personne ; — qu'il ne peut être qu'AVANTAGEUX à tous ; — et qu'il **est** le **seul moyen** logique de garantir toutes les positions et tous les intérêts.

Bien que l'exposé du projet ne traite que d'un **crédit national** provisoire, il est utile néanmoins de faire VOIR, APPRÉCIER et JUGER son FONCTIONNEMENT — son EFFICACITÉ — SA PUISSANCE à tout sauvegarder, — le **présent** comme l'**avenir**, — la **dignité** et les **droits** de la NATION, — la **fortune** des **riches** — le **travail** des **pauvres**, — la **production** d'**ensemble**, — le **progrès général**, — la **civilisation compromise**, en un mot, les **droits**, l'**indépendance** et la **sécurité** de **tous** (1).

En présence de l'impuissance des institutions du crédit actuel *terrassé*, *presque anéanti* et *paralysé* en son PRINCIPE ORIGINEL même (qui n'est rien autre que l'**escompte** FACILE et le **prêt libéral**), — le pouvoir exécutif en vertu de ses DROITS OMNIPOTENTS a DEVOIR LÉGITIME et **suprême** d'agir de manière à remédier au mal !....

Par le **prêt national** il peut rétablir la circulation interrompue, — faciliter la régularisation des affaires, — la reprise des travaux et la réalisation des bénéfices produits par les mutations commerciales ainsi déterminées.

Mais il est indispensable de constater qu'en agissant *gouvernementalement* on nuit fatalement aux administrés, tandis qu'en procédant

---

(1) Les avantages de ce crédit nouveau ne sauraient être plus complétement développés ici ; mais prochainement il va paraître une brochure traitant cette question d'intérêt général en vue de sa puissance, de son efficacité et des moyens plus précis de pouvoir le constituer.

nationalement, les résultats sont toujours favorables à l'**unité nationale** et à **tous**. — Ainsi, les preuves suivantes sont aussi démonstratives qu'effectives : — Et ce texte d'affiche permet de constater une partie des faits affirmés.

VILLE DE PARIS.

« En vertu de la loi du 27 juillet 1870, la caisse municipale de la « ville de Paris émettra, à partir du 17 août 1870, des bons de trois à « douze mois inclusivement, dont l'intérêt a été fixé, par M. le préfet, « à 6 0/0 par an. »

Or, en admettant qu'une somme de 500 millions soit prêtée pour un an à ces conditions, c'est 30 millions d'intérêts à payer. — Tandis qu'en adoptant le crédit national pour une même somme, la **nation** percevra ces 30 millions ; — différence à l'avantage du Trésor national : 60 MILLIONS.

Toutefois ce mode d'emprunt engendre, mais inconsciemment, des malheurs bien autrement calamiteux. — Et d'abord, cet emprunt ne va-t-il pas diminuer encore le peu d'ARGENT DISPONIBLE indispensable à la **production**?....

Déclarons donc que ce système de crédit est fatalement *antagoniste* du JUSTE et du BIEN en ce qu'il place tous les hommes dans cette alternative :

PRÊT AU GOUVERNEMENT : — **Action** *préjudiciable* à la **commune**, — à la **circulation**, — à la **production**, — aux **producteurs** et à tout ce qui vit des dépenses que l'on pourrait faire !.....

REFUS DE PRÊT : N'est-ce pas, de la part du citoyen, forfaire à ses DEVOIRS, en paralysant l'**action** du pouvoir !.... — *Anormalité* aussi **déplorable** qu'**insensée** !.....

Mais prêter !..... cela est devenu presque impossible, même à qui était riche *hier* et qui désirerait le faire aujourd'hui !.....

Tout le monde sait qu'il n'existe pas en numéraire ou billets de banque (argent disponible), la VINGTIÈME partie de ce qui est indispensable à la **production** et aux **transactions**. — Ce qui, ordinairement, y supplée et détermine la **valeur** de TOUT et la **richesse** générale : — c'est l'**escompte** FACILE, — le **prêt** LIBÉRAL et le CRÉDIT.

Mais, aujourd'hui, rien de cela n'est plus, et, sans être pessimiste, nous devons pourtant dire la VÉRITÉ.... — Constatons qu'il n'est pas un entrepreneur, ni un commerçant faisant ses affaires habituellement à crédit, qui n'ait des billets à ordre en portefeuille et des débiteurs qui ne peuvent le solder ; — et nul ne peut escompter !..... — Presque aucun ne peut recevoir même d'à-compte sur ce qui lui est dû ; — les quatre cinquièmes ne peuvent payer eux-mêmes. — Enfin tous sont dans le même cas ; et, conséquence plus *navrante* encore, c'est que bientôt personne ne pourra continuer d'occuper ses ouvriers et ses employés, faute d'ARGENT disponible.

Et la CAUSE, la **seule** et **unique** CAUSE de cette *gêne* et de l'affreuse perspective que l'on redoute est le manque d'un **crédit nationalisé.**

Quand donc les gouvernants comprendront-ils? — qu'une *fraction* ne peut être le **tout** ; — que c'est le corps de la nation qui est à organiser (non les individus); que nul n'a droit, sans forfaiture, de la diviser dans son **action** PRODUCTRICE et DÉFENSIVE.

L'*anormalité* des hommes est si épouvantablement *inconsciente*, quand ils agissent *gouvernementalement*, que la **réalité** nous oblige de constater et de comparer mathématiquement l'action du crédit nationalisé, à l'emprunt qui vient d'être contracté.

Sous le nom d'**emprunt national**, on vient d'en provoquer un, dit : de **750 millions,** mais qu'il eût été plus vrai d'annoncer comme étant de 805 millions (puisque 55 sont alloués pour frais). Cet emprunt, effectué à 5 0/0, représente et au delà une somme de 40 millions d'intérêts à payer chaque année.

Or, en considérant cette somme d'intérêts payée pendant soixante ans seulement, il en ressort que **40 millions** *multipliés par* **60** forment un total de **2 milliards 400 millions** à solder en **soixante ans,** sans même libérer le capital.

Mais pour apprécier et juger les choses JUSTEMENT et IMPARTIALEMENT telles qu'elles sont *(non comme on les dit),* — il faut ajouter à cette somme payée les intérêts capitalisés pendant **60 ans.** — La moyenne de 60 années est de 30 ans. — Et, attendu qu'une somme portant intérêt à **5 p. 0/0** capitalisée pendant **30** ans, se reproduit **3 fois** et **48** centièmes de fois, il en résulte que **2 milliards 400 millions** multipliés par **3 fois** et **48 centièmes** se totalisent par **7 milliards 352 millions.** — En ajoutant la somme d'intérêts payés, nous trouverons un total extraordinaire. Soit **10 milliards 750 millions** d'*appauvrissement* pour le **Trésor national** et de **paralysie** pour la **production.** — **Paralysie** funeste dont on s'obstine à ne pas vouloir rechercher la CAUSE originelle, mais que le **génie national** nous oblige forcément à signaler.

Ainsi, tous les **hommes normaux** reconnaîtront avec nous que ces **800 millions** empruntés sont retirés à la circulation, et attendu que le capital est échangé en moyenne une fois par jour : soit (en supposant une crise de quatre mois) **120 mouvements financiers** interrompus. Par conséquent, **800 millions** multipliés par **120** produisent un total de **9 milliards 600 millions** d'échanges supprimés. — Et comme une somme dépensée provoque chaque année un nombre moyen de **25** mutations d'acquisitions quelconques, soit **1/3** pour quatre mois de crise ou **huit mutations,** il en résulte que c'est huit fois **9 milliards 600 millions** ou **76 milliards 800 millions** qui ne sont pas dépensés.

Et attendu qu'au minimum, il est gagné **20 p. 0/0 brut** sur les ventes, c'est donc une somme de **17 milliards 600 millions** dont les NATIONAUX sont privés du fait d'un emprunt *anormalement* contracté (1).

Répétons que le résultat fatal de cet *emprunt gouvernemental* est le **mal**; tandis que si l'on eût agi **nationalement** en disposant des **800 millions** d'emprunt pour faire revivre les négociations, — on se serait procuré cette même somme par l'impôt, et le TRÉSOR NATIONAL n'aurait pas à payer chaque année 40 millions, mais à les recevoir (2). — De plus, on aurait fait renaître les affaires, — contribué à ce que la production ne se ralentît pas, — déterminé le travail pour chacun, et un grand nombre ne seraient pas exposés à une misère aussi inévitable qu'imméritée.

Constatons, toutefois, que cet *emprunt* est légalement établi; mais nonobstant, l'urgence du crédit national n'en est pas moins une mesure **suprême**, car on ne saurait se soustraire à son action aussi **impérieuse** qu'efficace, si l'on veut DOMINER toutes les SITUATIONS et MARCHER sans ENCOMBRE à une **solution** vraiment **digne** de la **nation.**

Ainsi, on le voit, l'*emprunt gouvernemental* est *anormal, anti-producteur,* contraire à la **loi naturelle,** *antagoniste* et *ennemi* inconscient de la **nation.** — Tandis que le **prêt national** est **normal, producteur,** conforme à la **loi naturelle,** le seul **moyen** efficace de toute **production,** l'unique TRADUCTION du **principe** et **le protecteur** de **tous** les **nationaux.**

Ces conditions différentielles sont tellement palpables, qu'elles ne sauraient continuer à être méconnues. — Quant à la cause **morale** et **originelle** des faits déplorables signalés, elle est inhérente à l'**esprit** de **parti** qui domine tous les hommes, et particulièrement à ceux qui **siégent** dans les **assemblées politiques.**

---

(1) On comprend que nous n'entendons pas dire que ces **milliards** sont des BÉNÉFICES en augmentation de fortune, mais gagnés, réalisés et mouvementés par des dépenses journalières ayant pour RÉSULTAT POSITIF de prévenir des **calamités** que l'on ne saurait analyser.

(2) Ce fait est prouvé page 24.

En effet, chacun des DÉPUTÉS a une opinion **individuelle** *naturellement* et *fatalement* autre que la RAISON D'ÊTRE et la RAISON D'EXISTENCE du **corps** de la **nation solidarisée.**

Or, comme cette opinion prédomine originairement en leur personne, chacun d'eux *agit* selon *lui,* par conséquent, forcément et inconsciemment, *contrairement* au **tout.**

Cela est si vrai, que la plupart sont en désaccord, par pure *idéalité politique,* et qu'ils discutent le plus souvent pour faire triompher leurs *désirs anormaux :* — Car, et s'ils s'inspiraient du **vrai normal,** ils se rallieraient tous au **droit primordial** de la société, et n'auraient plus qu'une seule **pensée,** qu'une seule **volonté : Agir équitablement,** selon la **loi naturelle,** pour le triomphe de la **nation** et **l'intérêt national.**

Cependant, il faut le constater, cet *agissement,* de la part des **députés,** est justifié en leur **conscience** (*anormale* toujours), en invoquant l'économie et le besoin de ménager ce que, *très-inconséquemment,* ils dénomment la **confiance.**

Mais nous allons faire voir que ces deux *points d'appui* sont faussement interprétés par eux, et que cette interprétation erronée les conduit forcément à des résultats absolument contraires au but proposé. — **But** qu'il faut pourtant et nécessairement atteindre.

La **confiance,** expression *fantaisiste* et *métaphysique,* mais *vide* d'ACTION VIVIFIANTE, résulte d'une *cause matérielle* qu'il est *anormalement* injuste d'invoquer quand on sacrifie outrageusement l'**origine** de cette cause au *mirage* des résultats espérés, mais *irréalisables.* — Car en anéantissant le **crédit usuel** pour parer aux inconvénients du moment, on a sacrifié **l'action productrice** de la **nation** aux exigences **mal comprises** du gouvernement. — Donc, on a momentanément paralysé la **confiance,** sans pourtant la détruire, car en agissant **nationalement** on peut la reconstituer.

Et ce fait étant accompli : — Des *grands malheurs* qui nous accablent, il en ressortira la **puissance** de grandir la **nation** et les **hommes** en **intelligence normale,** — au centuple de ce qu'ils sont aujourd'hui.

Toute CONFIANCE ressort de la **production,** — la PRODUCTION de l'**argent,** — l'ARGENT du **crédit** caractérisé par **l'escompte** LIBÉRAL et MULTIPLIÉ. — Conséquemment la confiance et les affaires sont donc **facultativement** entre les **mains** du POUVOIR EXÉCUTIF et en celles des **mandataires** du pays. A eux de les déterminer ou de les sacrifier en continuant d'agir *anormalement.*

Quant aux prétendues économies présumées, nous allons prouver qu'elles sont **chimériques.**

Admettons que, du fait de la guerre, le cinquième de l'action militante soit détourné des occupations productives, il n'en reste pas moins tout le complément de la nation ayant **mission obligée** de produire et de parfaire autant que possible aux sacrifices imposés par les circonstances! — En temps ordinaire, la mutation des **échanges** et des **dépenses générales** en France est de **un milliard** par jour. — Ce chiffre de **un milliard** ne saurait être contesté rationnellement sans preuves effectives à l'appui, attendu qu'il n'est pas permis de juger impartialement les choses autrement que par le FAIT, la JUSTICE et la RÉALITÉ NATURELLE.

D'ailleurs, nous allons l'établir sans conteste :— La production territoriale en France est évaluée à 15 milliards. Or, comme la valeur représentative financière provoque une moyenne de vingt-cinq mutations par an, il en résulte que les 15 milliards multipliés par les vingt-cinq mutations produisent un chiffre annuel de 375 milliards, soit au minimum le milliard déclaré. — Donc, si nous admettons le cinquième des échanges annulés par la guerre, quel peut être l'obstacle aux 800 millions d'affaires qui devraient se traiter chaque jour?

C'est l'**atténuation** du **crédit** par l'*absence* de négociations fiduciaires et d'**escompte**, l'*interruption* de la **circulation** de l'argent, seul SIGNE NATIONAL D'ÉCHANGE! l'UNIQUE **outil** du **travail** et l'ORIGINE de toute PRODUCTION.

Or, environ moitié des transactions, soit 400 millions, sont annulés par la *léthargie* du CRÉDIT ACTUEL, et cependant, pour éviter toute supposition d'exagération, prenons comme minimum d'atténuation le quart de la circulation générale ou le chiffre de 250 millions, qui, multipliés par **120** jours (durée supposée de la crise), formeront un total de **30 milliards** d'*improduction*, cause non-seulement d'une perte sèche considérable, mais de **souffrances** *inouïes*, de **misère** *inévitable*, d'une **ruine** *certaine* pour la plupart, et de **calamités** telles que l'on ne peut les envisager sans **vertige.**

Et maintenant viendra-t-on objecter que ce **prêt** national est impraticable sous prétexe :

Qu'il faudrait une trop grande quantité de billets de banque, que les demandes seraient trop nombreuses et les pertes trop considérables?

Ces objections ne sont nullement fondées. — La quantité des billets de banque à émettre se limiterait naturellement par l'efficacité même et l'application de ce crédit, et, les sommes dues étant réglées par des billets à ordre, les transactions se régulariseraient forcément, comme par le passé; attendu que la certitude de pouvoir ESCOMPTER consacrerait positivement la **confiance nécessaire** aux **affaires.**

Les demandes de crédit ne sauraient être trop considérables, puisque les prêts s'effectueraient à la COMMUNE ou dans le QUARTIER des individus, et qu'elles ne seraient accueillies que relativement aux BESOINS et à la SOLVABILITÉ des demandeurs.

D'ailleurs, cette INSTITUTION NATIONALE PROVISOIRE ne possèderait-elle pas déjà, au **nom** et pour le **Trésor** de la **nation,** les INTÉRÊTS des sommes émises, puis les BÉNÉFICES résultant des négociations; — et si l'on suppose une moyenne de **60 milliards** escomptés pour un an (temps probablement nécessaire à la consolidation du crédit usuel ébranlé), cette institution réaliserait des **milliards** de bénéfices !... — Donc, facilité de réduire la dette de l'État, au lieu de l'augmenter.

Et attendu que, le total des faillites s'élevant approximativement et annuellement au chiffre de 200 millions, et que, lorsqu'on accorde du temps, le déficit étant presque insignifiant (témoin la Banque de France en 1848), si considérable que l'on puisse supposer la perte, il n'en restera pas moins, TOUT EN PRÉVENANT BIEN DES MAUX, plus de trois milliards de bénéfice pour le Trésor du **corps** de la **nation** solidarisée, c'est à dire pour la **prospérité générale** et **particulière.**

Ces CHIFFRES et ces RÉSULTATS, bien qu' approximatifs, sont cependant absolument POSITIFS et d'une réalisation on ne peut plus facile. — Mais s'il en est qui, par malveillance, légèreté ou **égoïsme individuel,** les contestent — les discutent — et même les nient!... personne au monde ne **pourra faire** la **preuve effective** qu'ils ne soient pas l'expression de la plus **impartiale** et de la plus **exacte réalité** !...

Les **faits démontrent** et tous les **résultats prouvent** que l'homme est né pour obéir à la loi naturelle et qu'il ne saurait avoir aucune initiative pour la changer ou la modifier. — Conséquemment le pouvoir exécutif d'une nation doit se conformer et faire converger vers cette loi tous les règlements sociaux, loi à laquelle tous doivent se soumettre. — Et pourquoi continuer à s'en rapporter au jugement et aux actions partiales des hommes, puisqu'ils se trompent sans cesse en préjugeant toujours de ce qu'ils n'ont pas **étudié** et qu'ils ne sauraient **connaître ?** — Cette prédisposition individualiste à se révolter contre la nature et contre tout ce qui est d'ordre supérieur à eux se retrouve d'ailleurs en **toutes** les circonstances et à toutes les époques.

C'est ainsi que les hommes ont transgressé, toujours, à tous les DROITS NATURELS, NIÉ la VAPEUR, douté de l'ÉLECTRICITÉ, etc., du fait qu'ils ne possèdent pas la faculté de pouvoir comprendre ou admettre avant d'avoir **vu, touché,** ou ce qui leur est **effectivement prouvé!...** — Aussi, par leur obstination insensée de vouloir agir contradictoirement à la loi naturelle, ils traitent d'impossibilités pratiques et sans exception tous les projets qui leur sont soumis.

Mais qu'importe : — L'erreur des hommes ne saurait modifier la vérité INNÉE de la **nature,** et ces négations purement idéalistes, ainsi que les fautes qui se renouvellent sans cesse, confirment formellement, au contraire, la normalité de certains projets et de leurs résultats, puisqu'ils ne peuvent établir leur fausseté, attendu qu'une fin de **non-recevoir,** pas plus que le **vote** de **tout** un **monde,** ne prouverait aucunement qu'ils soient erronés.

D'ailleurs, pas un seul de ces détracteurs n'oserait affirmer sous serment sérieux que c'est en prenant pour base de son examen (approfondi dans l'isolement) le principe de la nature, en faisant abnégation de leur égoïsme personnel, qu'ils ont reconnu l'insanité des propositions qu'ils répudient

Au surplus, ceux qui s'autorisent arbitrairement à juger de questions d'ORDRE SUPÉRIEUR à leur condition native n'ont qu'une aptitude toujours relative à la position qu'ils occupent : — Attendu qu'en raison de ce que leur *existence* et celle de leurs familles est **plus** ou **moins assurée,** ils apprécient et jugent tout différemment les faits identiques. — Ce qui prouve encore une fois, et à l'absolu, l'*incompétence humaine* à pouvoir *dénaturer* quand même les lois de la Création, en se constituant (par trop orgueilleusement) l'arbitre des destinées de leur nation, quand, au contraire, ils n'en **sont** que le sujet, **nativement Égoïste** et **Partial....**

•

• •

En vous adressant, MESSIEURS les DÉPUTÉS, ces propositions *sommairement* exposées, et pourtant d'INTÉRÊT GÉNÉRAL **urgent,** nous agissons avec la pensée de les faire connaître à tous. — Toutefois, il serait illogique de conclure à des intentions autres que celles qui y sont émises :

Interprète et traducteur du génie national, comme chacun a droit de l'ÊTRE et l'**est effectivement** dans chaque **bonne action** qu'il **accomplit,** nous **répudions absolument** la prétention de vouloir exercer la moindre autorité. — Notre mission est d'INDIQUER, d'ENSEIGNER **même** ce qui est à FAIRE, mais sans aucun droit réel de l'imposer, attendu que tous les hommes étant nés autonomes, libres et égaux, nul n'est légitimement fondé à dominer égoïstement les autres.

Conséquemment, la **réalité** des **faits**, l'**horreur** du **carnage** des **êtres humains** qui *s'accomplit aujourd'hui,* nous enjoignent l'OBLIGA-

TION de signaler publiquement la RAISON du MAL en même temps que les **moyens** d'y **remédier.**

Mais que l'on ne préjuge pas légèrement de ces projets, et si ceux qui dirigent les peuples persévèrent à les *gouverner encore anormalement*, qu'ils sachent au moins que c'est leur *obstination* qui *engendre* le **mal**, et alors qu'ils en assument la responsabilité !

Car en ces cruelles extrémités tout le monde est tenu de faire impérieusement son devoir : Et quand les circonstances ont entraîné des HOMMES HONORABLES à *consacrer*, par **erreur**, de **grandes calamités**, le seul moyen pour eux de se réhabiliter envers le pays et leur conscience est dans le **courage** de sacrifier toute **vanité personnelle** et d'employer tous les moyens légaux susceptibles, non-seulement de les RÉPARER, mais encore d'en **prévenir** le retour.

Nous libellons plus loin un exposé de **proclamation** motivée par ce qui précède et dont l'esprit, sinon la teneur, pourrait être justement et utilement **accepté** et **répandu** à profusion dans le **monde entier**.

Quant à la RESPONSABILITÉ de cet **acte**, nous l'acceptons sans RESTRICTION, convaincu que ce sera pour tous ceux qui y contribueront l'occasion de se révéler comme des hommes agissant normalement pour l'accomplissement d'une **sainte mission** dans la question la plus **importante** qui probablement se présentera jamais dans l'**existence** des **peuples.**

Constatons que ce n'est ni une **paix honteuse** pour personne ni une **guerre injustifiée** que nous signalons comme étant l'antidote souverain du mal, mais une occasion permettant aux deux peuples civilisés qui s'**entre-tuent** aujourd'hui de s'EXPLIQUER, de se CONSULTER et de se rendre compte jusqu'à quel point il y a lieu et avantage, soit pour l'un, soit pour l'autre, de continuer à s'exterminer.

Il est vrai que, dans les circonstances présentes, traiter de la possibilité d'une paix honorable est une question délicate qui pourra sembler étrange et tout au moins inopportune. En effet, nous concevons parfaitement que, faute de penser, de savoir et de connaître, si personne n'ose proposer une paix, c'est parce qu'on ne prévoit pas le moyen de le faire d'une manière honorable et digne.

Mais si, comme citoyen anormal et comme particulier, personne ne peut, en son amour-propre national, dire ce que tout le monde désire et pense naturellement ; — en est-il de même de l'être qui, agissant normalement, s'autorise à parler au **nom** du corps de la **nation solidarisée?** — Non ! — Et pour celui qui croit posséder les moyens de sauver la société, la véritable pusillanimité serait d'hésiter à les dévoiler, et non dans la déclaration faite ici et à tous que l'on doit au moins faire les tentatives nécessaires, puisqu'il est possible de conserver honorablement la vie de ses semblables, la civilisation et l'avenir du monde, en se ralliant d'un commun accord aux manifestations de la Création, au respect de l'existence d'autrui, ainsi qu'à tous sentiments humanitaires.

En définitive, si on décide la guerre, qu'elle soit conduite en pratiquant envers tout ce qui n'est pas militant les égards d'une civilisation la plus avancée, mais aussi qu'elle soit poursuivie avec toutes les forces vitales de la nation, et poussée jusqu'au prélude d'une paix universelle assurée. — Si c'est la paix, les bases indiquées sont de nature à éviter le retour d'aussi cruelles calamités.

Enfin : la **paix** ou la **guerre** est pour ainsi dire entre les mains des MANDATAIRES du PAYS. — Quant à la **reprise** des **affaires** et l'atténuation des souffrances de tous, elles dépendent ABSOLUMENT de leur BON VOULOIR, puisque le moyen est dans le **crédit nationalement constitué** qui en a la **puissance**. Qu'ils agissent donc **normalement** et équitablement, pour l'**humanité**, pour la **patrie** et pour la **liberté** !...

A NOS CONTEMPORAINS

AU NOM DE L'HUMANITÉ, DES LOIS NATURELLES ET DES DROITS A L'EXISTENCE INHÉRENTS A TOUS ET A CHACUN

Les êtres humains doivent reconnaître et consacrer à tout jamais cette vérité : — La **guerre** n'est pas un **fléau** émanant du PRINCIPE qui préside à l'**existence** de la **créature**, mais bien le **fait** de quelques hommes seulement. — Et l'*égorgement* des êtres humains entre eux n'est que la conséquence de lois AUTOCRATIQUES et **barbares** qu'il faut à tout prix faire disparaître.

Oui ! la **guerre** est *anti-naturelle*, — contradictoire du **progrès universel**, — antagoniste de toute AMÉLIORATION SOCIALE, et en *opposition coupable* avec toutes les **manifestations** de la **nature**. — Attendu : — Que la destruction des hommes et des choses est aussi *préjudiciable* aux **vainqueurs** qu'aux **vaincus**, et que les SPECTATEURS même en souffrent ; — que cette destruction *appauvrit* l'*espèce*, — *ruine* les *familles* et *fait retourner* les peuples à la barbarie pour les **précipiter** vers une **décadence certaine** !...

Il est donc opportun de sauver la **société** et la **civilisation modernes** en PROCLAMANT IMMÉDIATEMENT, et dans toutes les **nations**, l'URGENCE et l'OBLIGATION d'une **paix universelle** dont une **trêve** sera le PRÉLUDE, pour la base en ÊTRE ÉTUDIÉE entre tous les **peuples** dans un **congrès européen**.

Ce n'est plus l'*égoïsme* ou l'*orgueil* des **particuliers** qui doit rester en **cause** ; — c'est plus que l'**intégralité** d'une **nation** qui est en *péril*, c'est l'**avenir** de l'**humanité** qui se **décide**. — Donc, que tous soient *debout*, en présence de la **civilisation compromise**, sans s'arrêter à de *mesquines considérations* de **partis**. — Et que chacun fasse abnégation de ses *tendances* **personnelles**, en abdiquant tout égoïsme, car c'est à l'INSPIRATION du **génie** des **nations** que tous DOIVENT **obéir** !...

Paris. — Imprimerie Paul DUPONT, rue Jean-Jacques-Rousseau, 41 (3563-8.70).

www.ingramcontent.com/pod-product-compliance
Lightning Source LLC
Chambersburg PA
CBHW061615180626
46818CB00005B/2083
9782011348593